mes premiers J'AIME LIRE

LES CRÉTINS PUNIS

Une histoire écrite par Évelyne Reberg
illustrée par Serge Bloch

Quatrièm[illegible]

BAYARD POCHE

L'auteur : Évelyne Reberg
Évelyne Reberg habite en Côte-d'Or. Professeur de lettres, puis bibliothécaire, elle est auteur de nombreuses histoires pour enfants. Publiée régulièrement par les revues de Bayard Presse, elle a également écrit des ouvrages édités chez Bayard Éditions, Duculot, Hatier, La Farandole, l'École des loisirs, Le Seuil, Nathan et Flammarion (Castor Poche).

L' illustrateur : Serge Bloch
Serge Bloch est né en 1956 à Colmar. Il fait ses études à l'École des arts décoratifs de Strasbourg, puis s'installe à Paris. Actuellement, il est rédacteur en chef de la revue *Astrapi* de Bayard Presse. Quand il lui reste du temps, il fait des illustrations pour les petits et les plus grands ; il adore aussi faire des dessins humoristiques. Ses ouvrages sont publiés chez Gallimard, Grasset, Casterman et Bayard Éditions.

Les personnages de l'histoire

C’est le premier jour d’école.
Léo entre au CP.
Cette nuit, il a rêvé qu’il allait
à l’école en slip et que tout le monde
se moquait de lui.

Au petit déjeuner, Emma,
la grande sœur de Léo, lui dit :
– Le C et le P de CP, tu sais
ce que ça veut dire ?
– Ça veut dire Cours Préparatoire,
dit Léo.
– Non, pas du tout.
C'est la classe des Crétins Punis.

Léo s'étrangle en avalant
son chocolat.

Il demande :
– On punit les enfants ?
– Bien sûr, dans les classes de CP,
il y a les maîtres et les maîtresses
les plus féroces.
Ce sont d'anciens bandits
sortis de prison.
Certains ont des matraques.
Ils ont pour mission
de punir les enfants
à la moindre faute
pour bien les dompter,
comme des bêtes féroces,
dès la première année.
– Pff, tu parles ! dit Léo.

Emma est une menteuse.
Elle adore les mensonges horribles.
Léo a déjà mis son gros cartable
sur son dos.
Emma lui murmure à l'oreille :
– Tu es armé, au moins ?
À la récréation,
les grands torturent les Crétins Punis.
– Mon œil ! fait Léo.

N’empêche,
Léo va fouiller dans sa chambre.
Il met dans ses poches
un couteau en plastique,
une fourchette et son revolver à eau.
C’est plus prudent.

Ça y est. Léo est à la grande école.
Dans la cour,
il y a plein de Crétins Punis.
Léo les repère facilement :
ils sont petits et ils ont la frousse.
Heureusement, Léo retrouve
son copain Louis, sa copine Julie
et son copain Nico.
Ils ont un drôle d'air.

Julie est jaune comme de la purée,
Nico est rouge comme un haricot rouge,
et Louis est maigre
comme un ver de terre,
tellement il serre les épaules.
Il gémit :
– On a un maître ou une maîtresse ?
– Je ne sais pas, dit Léo,
d'une voix qui tremblote.

Tout à coup, une dame surgit.
Elle crie :
– Entrez, votre maître va arriver !

Les enfants entrent dans la classe
et restent debout, tout raides.
La dame dit d'une voix inquiète :
– Votre maître, monsieur Logre,
devrait être là...
Je me demande où il se cache.

Elle regarde vers la porte
comme si un grand danger
les menaçait tous.
Les enfants regardent aussi.

La dame ajoute :
– Installez-vous.
Ouvrez vos cartables.

Léo fait tomber sa règle, il la ramasse, mais son couteau, sa fourchette et son revolver roulent dans l'allée.
Il pense au nom du maître :
monsieur Logre ! C'est affreux.
Léo a envie de faire pipi.
Il lève le doigt :
– Je peux aller aux cabinets ?
– Oui, c'est au fond du couloir, dit la dame.

Ouf ! Léo s'est échappé de la classe.
Il court dans le couloir bordé de portes.
Il a l'impression
que derrière chaque porte
il y a un piège.
Eh oui ! Juste au moment
où il trouve les cabinets,
il sursaute.

Des coups terribles se font entendre.
Ça cogne derrière une porte,
à côté des cabinets. Léo recule,
en marchant comme un crabe
et en regardant
devant et derrière à la fois.
Il entend : « Boum ! Boum ! Boum ! »
Léo s'arrête. Il cesse de respirer.

Derrière la porte,
une voix d'ogre rugit :
– Ouvrez ! Ouvrez !
  La voix d'ogre hurle plus fort encore :
– Il y a quelqu'un ? Ouvrez-moi
cette maudite porte, nom de nom !
  Léo est affolé. Mais quand on entend
une voix pareille, on ne peut qu'obéir,
même si on doit libérer un monstre
à sept langues et au nez poilu...
Léo avance sa main tremblante,
il tourne la clé.

L'ogre bondit hors du placard.
Il est grand comme un ogre,
il est gros comme un ogre,
il a une barbe d'ogre mais…
mais il a les yeux tout ronds,
comme un Mickey.

L'ogre dit en regardant Léo :
– Tu es en CP ?
– Non… euh… oui, dit Léo.
– Alors, je suis ton maître.
C'est moi, monsieur Logre.
– Oh ! fait Léo.

Sa bouche reste ouverte,
comme un « o ».
Bientôt, Léo revient dans la classe,
très fier,
à côté du maître immense
qui le tient par l'épaule.

Monsieur Logre explique :
– Je cherchais un livre
au fond du placard.
Quelqu'un a fermé la porte à clé,
sans me voir, et j'ai été emprisonné.
Un grand bravo à Léo qui m'a délivré…
Tiens, Léo, tu lèves le doigt. Très bien.
Tu veux déjà apprendre ?
– Non, dit Léo, je veux juste retourner
aux cabinets. Je n'ai pas eu le temps
de faire pipi…

Et tout le monde rit.

Léo est très fier de sa matinée.
À la maison, il raconte son exploit
à toute la famille. Il dit à Emma :
– Tu sais ce que ça veut dire, CM ?
Je t'avertis : ça ne veut pas dire
Cours Moyen.
– Les CM, ce sont les Croque-
Mioches, dit Emma
en roulant des yeux terribles.
– Pas du tout, dit Léo,
ce sont les Crâneurs Menteurs.
Et toc !

mes premiers J'AIME LIRE

Les Crétins Punis
Évelyne Reberg / Serge Bloch

Mille bravos pour Théo
Stéphane Marchand / Yves Calarnou

Une sorcière dans le cartable
Laurence Kleinberger / Roser Capdevila

Bonne nuit, Julien !
Nicolas de Hirsching / Maurice Rosy

La reine de la récré
Fanny Joly / Roser Capdevila

Ric la terreur
Odile Hellmann-Hurpoil / Éric Gasté

RETROUVE DANS LA COLLECTION

J'AIME LIRE

DE BAYARD POCHE

Du même auteur

C'est la vie, Julie
La vieille dame et le fantôme
Les Lili Moutarde
Un diable au garage Grog
La bibliothèque ensorcelée
Berlingot a disparu
P'tit Jean et la sorcière
Le château hanté
L'auto fantôme
Hurlenfer
Les cinq fantômes
Crapotin
Bouboul Maboul
L'arbre aux secrets
Le sifflet du diable

Du même illustrateur

Le Professeur Cerise
L'atroce Monsieur Terroce
Mon copain bizarre
Monsieur Boniface
Monsieur Boniface rajeunit
À nous deux, Monsieur Boniface !

Bayard Éditons, 1999
Bayard Éditions est une marque
du département Livre de Bayard Presse

ISBN 2 227 72756 X

Achevé d'imprimer en Février 2001 par OBERTHUR Graphique
35000 RENNES - N° 3615
Dépôt légal : Août 1999 - N° Editeur : 6647
Imprimé en France